U0024171

遺失了一份愛

黃煒童 Heylo b Wong・文 © 羅家洋 markLaw・繪

寄往愛情國的一份愛，遺失了。

沒有了那份愛，王子沮喪了，公主哭泣了，

王后發瘋了，國王駕崩了，整個國家淪陷了。

遺失了的那份愛，在某個聖誕節的前夕，
終於找回並送到王后手上。王后興奮地對全國人民宣布：

「我們的愛收到了！我們的愛在我的手上了！哈哈哈……」

然而王子沒有笑，公主沒有笑，國民沒有笑。
他們的心卻同時冷笑著，
只有傻的人才會相信世界上有失去了的愛是可以找回來。

王后跑到國王的畫像跟前，邊哭邊說：
「我們的愛回來了，但全國的人民也不相信，沒有了愛的心，
是否再容不下愛了？」

多少個晚上過去，王后一直哭跪在國王微笑著的畫前，
任侍女隨從怎樣勸告也不肯離開。

某個深夜，王后終於支持不住暈倒在畫前，
手中仍緊緊地抓著那份遺失了的愛。

聖誕節到了，王后卻一直臥病在床，睡睡醒醒。
王后睡醒時向跪在身旁的王子和公主說今年的聖誕佈置很美，
那耀眼的白光很溫暖很幸福。王后陶醉地笑著，
手中輕輕地撫摸著那份遺失了的愛。

「母后……」

公主望著笑意盈盈的母后，心很痛很痛。

哪裡來聖誕裝飾？

全國都灰得見不到光亮，聖誕樹都寂寞得枯萎了。

只是王后哭得瞎了，把床前的燈光化成了全世界。

公主沒有把話說下去，她選擇在淚灑之前奪門而出。

「我的小公主怎樣了？」

「我會看緊的，母后放心休養就是了。」

強裝堅強的王子一直握著王后的手，

努力地不讓盈在眼眶內的淚掉下。

「來，讓母后給你一個擁抱。」
母后展開雙手，把王子迎了入懷。
「母后有多久沒抱過你了？」
「很久很久，那時候……」

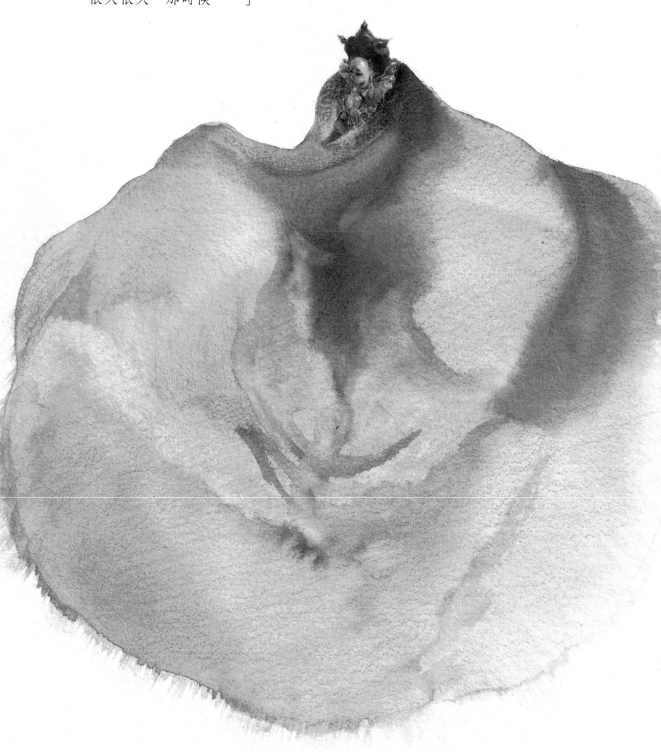

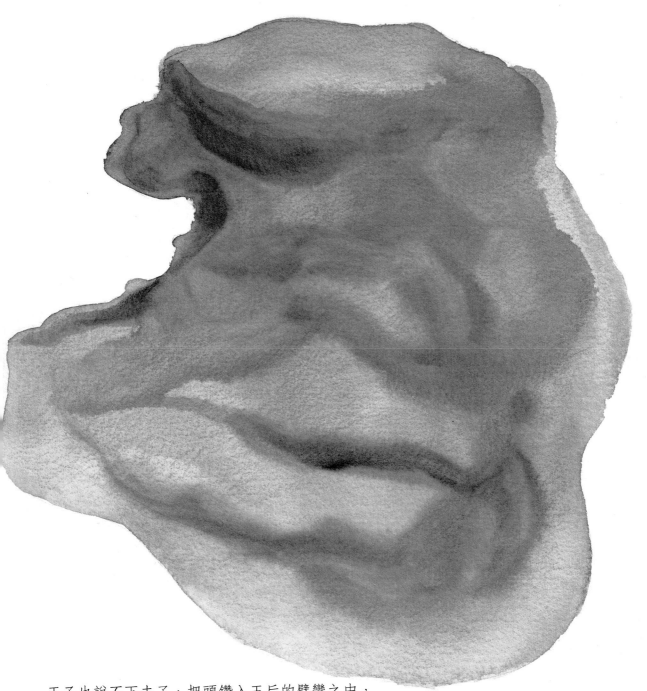

王子也說不下去了，把頭鑽入王后的臂彎之中，
雙手把王后抱得更緊。
王后掃了掃王子的背，就像哄著初生嬰兒進睡一樣。

「我兒，是時候交給你了。」
母后把手上的那份愛交到王子的手裡。
「這是……」

「當鬱金紅盛放的時候，你就會知道，

我們的愛，一直都在。」

王后說完就閉起了雙目，

在王子的懷中永遠的沉睡去了。

在王子的登基大典上，王子向全國的人民派發了一顆種子。
他沒有忘記王后的遺言，他命令大家必定要悉心培植，
直至種子萌芽開花。

「當豔紅盛放的時候，就是我們愛情國重生的日子。」

人民沒有振臂歡呼，只默默地接過一顆比米還要小的種子，默默地離開。

這個時候，就連王子本人都沒有看見種子背後潛藏的力量。

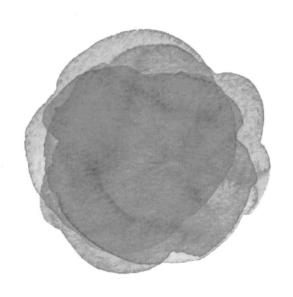

「當豔紅盛放的時候，你就會知道，我們的愛，一直都在。」
王后的遺言在王子的心裡輕輕敲著。

每個陽光充裕的中午，王子就會帶著花盆前往公主的房間，

為公主拉開窗簾，跟她一起吃午飯，說說話。

雖然大多時候都只有王子一個人在說話。

「先王跟先王后的離世對公主的打擊太大，公主得的是心病，陛下。」

心病？王子的心何嘗沒有病？全國人民的心又何嘗沒有病？

得知公主的情況沒有好轉，王子的心頭只有更重。

「王妹，我就把花盆留在這裡，好好打理它吧，母后會知道的。」

公主沒有答話，只是望著一點發呆。
王子離開了公主的房間，深深地吸了一口氣。

他下定決心要讓公主好起來，
讓舉國上下再次振奮起來。

春天隨著濕潤的空氣輕輕地來臨，

泥濘下的種子開始蠢蠢欲動，
　　要為愛情國帶來一場甦醒。

某個夜晚，魏先生從別國回到愛情國的家，
他兩歲的小兒子高興得撲向魏先生，咧嘴而笑地大叫：

「爸爸，花花，爸爸，花花……」

魏先生還未知道發生了甚麼事，他已經好幾個月沒回家，
但他還是不明所以地抱著小兒子感動得想哭。

「是爸爸，是爸爸呀！哈哈……」

第一次聽到兒子的笑聲，第一次聽到兒子牙牙學語地叫爸爸。
魏先生的心頭很激動，抱著兒子暖暖的小手又咬又吻不肯放。

「新國王繼位時給每家派發了一顆種子，我跟他每天都澆水等待，
現在終於長出花蕾了。」

腹大便便的魏太太捧著小小的花盆，慢慢地走到小兒子床邊。
魏先生看著太太，看著她那雙為擔起這個家而變得粗糙的雙手，
又聽著她充滿倦意的話音，令他一陣酸一陣痛。

魏先生走了上前，緊緊地握著魏太太的手：
「這次，我們要一起聽到肚子裡的孩子叫爸爸媽媽，好嗎？」

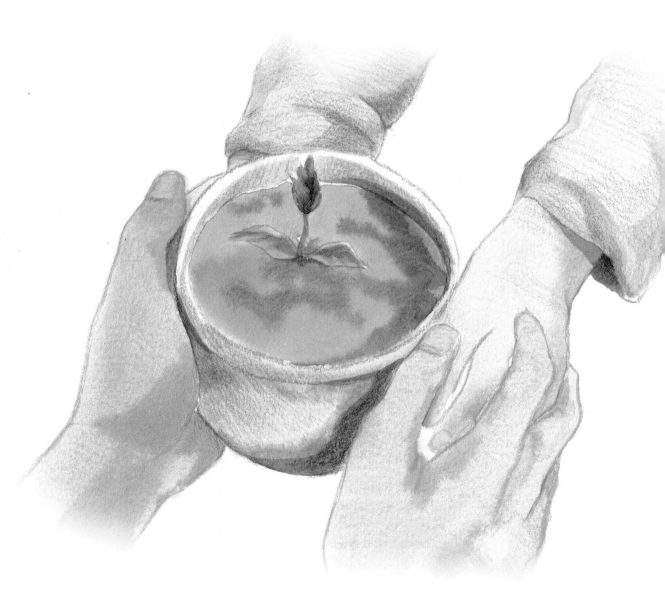

多久沒有聽過這般動聽的情話？
魏太太流了一行淚，淚滴在尚未開的花蕾上，
成為了世界上最幸福的滋養。

某天中午，畢老太如常的捧著花盆去山頭，
讓未開的花蕾吸收充分的陽光。
天有不測之風雲，突然來了一場大風雨，
教畢老太在忙亂之間跌倒地上，花盆都跌碎了，
畢老太的手被花莖上的尖刺刺傷了。

「怎樣了，老婆子？」
畢老伯半身濕透的帶著傘子趕來了。
「花盆碎了。」
「我是問你怎樣了！出來又不跟我說一聲！」
畢老伯一邊中氣十足地對畢老太指指點點，
一邊扶起畢老太，替她按著流血的手指頭，輕輕地揉著她的腳。

「還可以走動吧？」
畢老太點頭。
「把花種在樹底下吧，我跟你先回去。」
畢老太再點頭，拖著畢老伯的手，慢走回家。

「囔著叫你帶老黃陪你又說不好，
有事老黃會走回家告訴我！我告訴你，
腳未好就不可以一個人出來走，要出來的話我就陪你走……」

畢老太繼續地點頭，緊緊地拖著畢老伯的手。
她心裡笑著，這個人還是跟五十年前一樣，
用最粗心卻又最真心的方式愛著自己。

生機盎然的初夏到了。

在王子英明的帶領下，愛情國的經濟穩步上揚，
也解除了鄰國入侵的威脅。

全國上下亦悉心照料王子派發的種子，
一一都長出花蕾，大家都在等待花開的一天。

中午時分，王子依舊來到公主的房間跟她吃午飯，
他驚訝地發現公主把窗簾打開了。

「王兄，花開了。」公主終於說了話。
「感謝王兄一直在旁守護著我。」

公主捧著盛開的花，向王子報以一個最溫柔的微笑。
王子與公主相視而笑，拉著彼此的手邁向大門，
為愛情國的新開始踏出強而有力的一步。

「愛情國的子民，我們的花開了！」

公主高舉手上盛放的花，一片片的紅在爭豔鬥麗，
急忙的吐著芬芳。

全國人民都為著花的美豔而動容，為花的芬芳而著迷。

「沒有愛，讓我們只看得見花莖上能刺傷我們的利刺。」
「有愛，才能使我們看得見尚未盛放的美麗。」
王子拉著公主的手齊聲地說：

「我們的愛，一直都在。」

全國上下都動容了。
大家望著身旁所愛的人，不自覺地
牽起了對方的手。

「爸爸……花花……」
是魏先生兩歲的兒子。
「我們回家看花花，如果花開了，就把花花送給媽媽，好不好？」
兒子笑著望向媽媽。魏先生一手抱著兒子，一手牽著魏太太，
但願這一生的愛全都注進這雙手之中。

「喂，老婆子，我們的花還在樹下吧？」

「我怎會知道？說腳未好不能往外走。」

「我是說你一個就不能往外走，跟我一起就可以！」

「那我們一起去看？」

「當然是一起去！不然你也找不到那花種在哪裡，
如果花死了不知道你會亂想甚麼的⋯⋯」

「一定還在的。」

畢老太堅定不移地說，再牽著畢老伯的手，齊步向山頭出發。

愛從來沒有被遺失，只有被遺忘。

但願我們的愛，一直都在。

送給這個時代的香港，願我們一起走過。

釀文學274　PH0279

 遺失了一份愛

作　　者	黃煒童（Heylo b Wong）
繪　　者	羅家洋（markLaw）
責任編輯	孟人玉
圖文排版	吳咏潔
封面繪圖	羅家洋（markLaw）
封面設計	吳咏潔

出版策劃	釀出版
製作發行	秀威資訊科技股份有限公司
	114 台北市內湖區瑞光路76巷65號1樓
	電話：+886-2-2796-3638　傳真：+886-2-2796-1377
	服務信箱：service@showwe.com.tw
	http://www.showwe.com.tw
郵政劃撥	19563868　戶名：秀威資訊科技股份有限公司
展售門市	國家書店【松江門市】
	104 台北市中山區松江路209號1樓
	電話：+886-2-2518-0207　傳真：+886-2-2518-0778
網路訂購	秀威網路書店：https://store.showwe.tw
	國家網路書店：https://www.govbooks.com.tw
法律顧問	毛國樑　律師
總 經 銷	聯合發行股份有限公司
	231新北市新店區寶橋路235巷6弄6號4F
	電話：+886-2-2917-8022　傳真：+886-2-2915-6275

出版日期	2023年2月　BOD一版
定　　價	420元

版權所有‧翻印必究（本書如有缺頁、破損或裝訂錯誤，請寄回更換）
Copyright © 2023 by Showwe Information Co., Ltd.
All Rights Reserved

Printed in Taiwan

讀者回函卡